Pour Patricia, Oréo et la Pépette
J.-P. A.-V.

À Lili et Prune
O. T.

ISBN : 2-07-057390-7

Numéro d'édition : 139740
Loi n° 49-956 du 16 juillet 1949
sur les publications destinées à la jeunesse
Dépôt légal : avril 2006
Imprimé en France par Pollina - n° L99532b

JEAN-PHILIPPE ARROU-VIGNOD ✱ OLIVIER TALLEC

Le dimanche de Rita et Machin

GALLIMARD JEUNESSE

Aujourd'hui, c'est dimanche.

Il pleut. Impossible de mettre le bout du nez dehors...
Que faire quand on s'ennuie à la maison
avec un chien qui dort tout le temps ?

– Machin, tu n'es pas drôle, gronde Rita. Si ça continue, je vais t'appeler Flagada !

Machin, le chien qui n'a pas de nom, adore faire la grasse matinée. S'il pouvait choisir un métier, il serait descente de lit, ou oreiller...

– J’ai une idée, dit Rita. Et si on jouait au cirque ?
Je serais le dompteur et toi Super-Machin, le chien obus le plus rapide du monde !

Mais Machin a le vertige :
il préfère rester au lit.

– J’ai une idée. Et si on jouait
à la coiffeuse ?

Viens ici que je te fasse
des bouclettes et des frisottis !

Machin déteste les shampoings.
Pas question de lui faire des couettes.

– J'ai une idée.
Et si on jouait à s'attraper ?

Je serais la voleuse et toi Rexy-Rexou,
l'as des chiens policiers !

Mais Machin est si mou
qu'on ne peut rien en tirer du tout.

– J'ai une idée. Et si on jouait à la princesse ?
À l'aide, chevalier Polochon, venez me délivrer
du monstre gluant !

Mais Machin est trop peureux :
il s'est caché sous l'oreiller.

– J'ai une idée. Et si on jouait à la dînette ?
Je ferais cuire des bonbons
et on mangerait des cornichons !

Mais Machin n’a pas très faim,
surtout pour un tel festin.

– Tu n’es vraiment pas drôle, dit Rita.
Puisque c’est comme ça, je n’ai plus d’idées…
– Moi si, dit Machin. Et si on jouait à s’ennuyer ?
– Génial ! s’écrie Rita. Mais comment on y joue ?

– Il suffit de croiser les bras
et de ne rien faire du tout.

– Génial ! dit Rita. Essayons... Mais qu'est-ce que tu fais ?
– Moi ?

– Je t'ai vu : tu as triché !
Tu en profites pour ronfler !...

... Cette fois, Machin,
ça va barder !

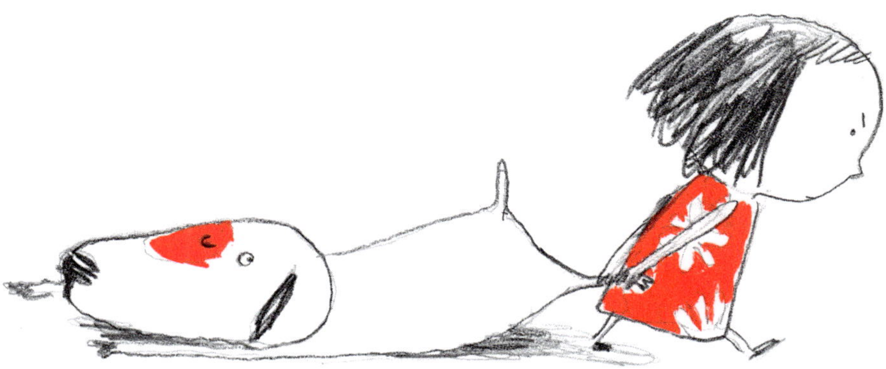

« Rita ! C'est l'heure d'aller au lit ! »
Déjà ? Dimanche est passé trop vite à courir et se bagarrer.

Rita s'est bien amusée.
Un grand câlin avec Machin,
et au dodo jusqu'à demain.

Mais Machin n'a plus sommeil du tout.
Au lieu de s'ennuyer dans le noir,
il ferait bien une petite partie d'échecs.

– Non, dit Rita, ça t'apprendra.
Mais, si tu promets que demain tu joueras avec moi...

– Promis craché ! jure Machin.

– … Je te lis une histoire qui fait très peur.

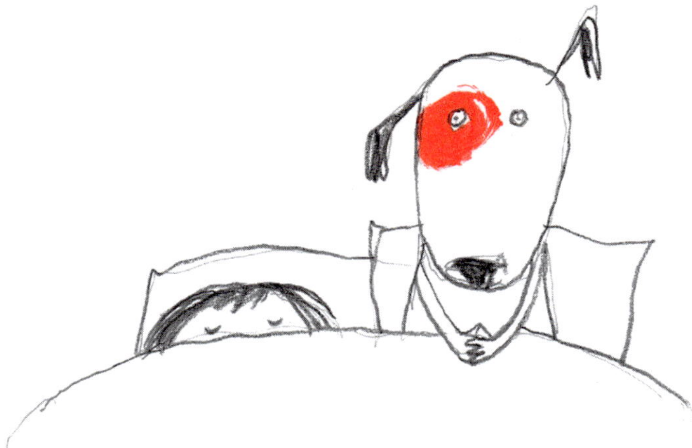

Dehors, c'est la nuit. Il pleut toujours.
Cette fois, c'est sûr, Machin n'est pas près
de dormir du tout !